MW01228913

Pablo Neruda

La solitude lumineuse

Traduit de l'espagnol par Claude Couffon

Gallimard

Ce texte est extrait de *J'avoue que j'ai vécu* (Folio n° 1822).

Titre original :

CONFIESO QUE HE VIVIDO

Pablo Neruda, de son vrai nom Ricardo Elieur Neftalí Reyes, naît à Parral au Chili le 12 juillet 1904. Son père est conducteur de trains et sa mère institutrice. Il perd sa mère quelques mois après sa naissance. Son père se remarie et installe sa famille à Temuco. Après des études pendant lesquelles il apprend la langue et la littérature françaises, il devient professeur à Santiago et publie ses premiers poèmes en 1923, *Crépusculaire*. Il choisit son pseudonyme en hommage au poète tchèque Jan Neruda (1834–1891). Lorsqu'il découvre les surréalistes, il laisse éclater toute sa sensualité dans sa poésie. Le recueil *Vingt poèmes d'amour et une chanson désespérée* paraît en 1924, suivi par *Résidence sur la terre*, poèmes écrits entre 1925 et 1931 ; il devient vite un poète reconnu. Diplomate, il est envoyé en Extrême-Orient, successivement à Rangoon, Birmanie, 1927, à Ceylan, Batavia et Singapour en 1931. À Java, il épouse Marie-Antoinette Agenaar Vogelzans, une Hollandaise surnommée Maruca. Nommé consul à Barcelone, puis Madrid, il rencontre Delia del Carril qui deviendra sa seconde femme. En Espagne, il fait l'expérience de la guerre et adhère au socialisme. Il se lie d'amitié avec les poètes Rafael Albert et Federico García Lorca qu'il avait déjà rencontré à Buenos Aires. Après le coup d'état de Franco et la mort de García Lorca, il se fait l'avocat de la République espagnole dans *L'Espagne au cœur* (1937) – ce qui lui vaut d'être révoqué comme consul. De retour au Chili, il est élu sénateur en 1945 et devient membre du parti communiste chilien. Sa popularité est immense, mais son opposition au président Gonzáles Videla le condamne à l'exil. Il voyage en Europe et en Orient et, en 1950, publie le *Chant général* qui annonce l'entrée de la politique dans son œuvre. La même année, il reçoit avec Pablo Picasso le prix international de la Paix. De retour au Chili, il soutient le président Allende puis accepte le poste d'ambassadeur à Paris. Dans ses recueils suivants, Neruda se tourne vers le monde concret. *La Centaine d'amour* qui paraît en 1959 est un chef-d'œuvre de poésie amoureuse dédié à Matilda Urrutia. En 1971, le prix Nobel de littérature couronne son œuvre. Ses derniers livres, comme *La Rose détachée*, sont marqués par une réflexion sur la maladie, la vieillesse et la mort. Quelques jours après le coup d'état et le décès de Salvador Allende (11 septembre 1973), sa maison est saccagée et ses livres brûlés. Pablo Neruda meurt le 23 septembre 1973. Son enterrement devient, malgré l'intervention de la police, une protestation contre la terreur fasciste. L'année suivante paraissent ses mémoires, *J'avoue que j'ai vécu*, dans lesquelles il raconte avec humour et tendresse ses voyages, ses engagements, ses rencontres et ses amours.

Poète prolifique, Pablo Neruda laisse une œuvre flamboyante et engagée. « Préparez-vous à entendre un poète authentique, un de ceux dont les sens se sont formés dans un univers qui n'est pas le nôtre et que peu de gens perçoivent. »

Découvrez, lisez ou relisez les livres de Pablo Neruda :

J'AVOUE QUE J'AI VÉCU (Folio n° 1822)

RÉSIDENCE SUR LA TERRE (Poésie/Gallimard n° 83)

MÉMORIAL DE L'ÎLE-NOIRE *suivi d'*ENCORE (Poésie/Gallimard n° 117)

CHANT GÉNÉRAL (Poésie/Gallimard n° 182)

LA CENTAINE D'AMOUR (Poésie/Gallimard n° 291)

VINGT POÈMES D'AMOUR ET UNE CHANSON DÉSESPÉRÉE *suivi de* LES VERS DU CAPITAINE, édition bilingue (Poésie/Gallimard n° 320)

LA ROSE DÉTACHÉE ET AUTRES POÈMES (Poésie/Gallimard n° 394)

La solitude lumineuse

IMAGES DE LA FORÊT

Plongé dans ces souvenirs je dois soudain revenir à la réalité. C'est le bruit de la mer. J'écris ces lignes à l'Île-Noire, sur la côte, près de Valparaiso. Les grandes bourrasques qui ont fouetté le littoral viennent de se calmer. L'océan — ce n'est pas moi qui l'observe de ma fenêtre, c'est plutôt lui qui me regarde de ses mille yeux d'écume — conserve encore dans sa houle la terrible ténacité de la tempête.

Quelles années lointaines ! Les reconstituer, c'est un peu comme si le son des vagues que maintenant j'écoute entrait en moi par intervalles, tantôt en me berçant pour m'endormir, tantôt avec l'éclair brutal d'une épée. Je vais recueillir ces images pêle-mêle, comme ces vagues qui vont et viennent.

1929. Il fait nuit. Je vois la foule agglutinée dans la rue. C'est une fête musulmane. On a préparé une longue tranchée au milieu de la rue et on l'a remplie de charbons ardents. Je m'approche. Je sens sur mon visage la vigueur des braises qui, sous une très mince couche de cendre, se sont accumulées sur le ruban écarlate du feu. Brusquement, apparaît un étrange personnage. Les traits barbouillés de blanc et de rouge, il s'avance sur les épaules de quatre hommes également vêtus de rouge. On le pose à terre, il commence à marcher en se dandinant sur les braises, et il crie tout en marchant :

— Allah ! Allah !

L'énorme foule pantoise dévore la scène. Déjà le mage a parcouru indemne le long ruban de braises. Un homme se détache alors de la multitude, retire ses sandales et effectue pieds nus le même trajet. Interminablement, on voit sortir l'un après l'autre des volontaires. Quelques-uns s'arrêtent au milieu de la tranchée pour taper du talon sur le feu au cri de « Allah ! Allah ! » ; ils hurlent en faisant d'horribles grimaces, en louchant vers le ciel. D'autres passent avec leurs enfants dans les bras. Personne ne se brûle ; ou peut-être se brûlent-ils sans qu'on le sache.

Près du fleuve sacré s'élève le temple de Kali, la déesse de la mort. Nous y entrons, mêlés à des centaines de pèlerins qui sont venus du fond de la province hindoue conquérir leur grâce. Apeurés, en guenilles, ils sont poussés par les brahmanes qui à chaque pas se font payer pour n'importe quoi. Les brahmanes soulèvent un des sept voiles de l'horrible déesse et, à cet instant, un coup de gong retentit comme pour écraser le monde. Les pèlerins tombent à genoux, saluent de leurs mains jointes, touchent le sol avec le front et reprennent leur marche jusqu'au voile suivant. Les prêtres les canalisent vers une cour où l'on décapite des boucs d'un seul coup de hache, et encaissent de nouveaux tributs. Les bêlements des animaux blessés sont étouffés par les coups de gong. Le sang éclabousse jusqu'au plafond les murs de chaux sale. La déesse est une statue au visage sombre et aux yeux blancs. Une langue écarlate de deux mètres de long descend de sa bouche jusqu'au sol. À ses oreilles et à son cou pendent des colliers et autres emblèmes de la mort. Les pèlerins se délestent de leurs derniers fonds avant d'être expédiés à la rue.

Très différents de ces pèlerins dociles étaient les poètes qui m'entourèrent pour me dire leurs chansons et leurs vers. Vêtu de blanc jusqu'aux talons et accroupi dans l'herbe, chacun, en s'accompagnant de son tambourin, lançait un cri rauque, entrecoupé, et de ses lèvres montait une chanson qu'il avait composée en respectant la forme et le mètre des chansons anciennes, millénaires. Mais le sens des couplets avait changé. Ce n'étaient plus des complaintes sensuelles et voluptueuses mais des chansons contestataires, des chansons contre la faim, des chansons écrites dans les prisons. Beaucoup de ces jeunes poètes que j'ai rencontrés alors dans l'Inde entière et dont je ne pourrai oublier les regards sombres venaient de sortir de prison et y retourneraient peut-être plus tard. Car ils prétendaient se révolter contre la misère et contre les dieux. Telle est l'époque qu'il nous est donné de vivre. Et ce siècle est le siècle d'Or de la poésie universelle. Tandis que les nouveaux cantiques sont poursuivis, un million d'hommes dorment nuit après nuit au bord des routes, dans les environs de Bombay. Ils dorment, ils naissent et ils meurent là. Il n'y a ni maisons, ni pain, ni médicaments. C'est dans cet état que l'Angleterre civilisée, l'orgueilleuse Angleterre a laissé son empire colonial. Elle a pris congé de ses anciens sujets sans leur léguer ni écoles, ni industries, ni habitations, ni hôpitaux ;

rien que des prisons et des montagnes de bou-
teilles vides de whisky.

Le souvenir de Rango l'orang-outang est une
autre image tendre qui me vient des vagues. À
Médan, dans l'île de Sumatra, j'ai plusieurs fois
frappé à la porte du vieux jardin botanique si
délabré. À mon grand étonnement, c'était toujours l'orang-outang qui venait m'ouvrir. Main
dans la main, nous marchions dans une allée
jusqu'à une table où nous nous asseyions et sur
laquelle il frappait avec ses deux mains et ses
deux pieds. Un garçon apparaissait alors et nous
servait une chope de bière, ni très petite ni très
grande, bonne pour l'orang-outang et pour le
poète.

Au zoo de Singapour on pouvait voir dans
une volière l'oiseau-lyre, phosphorescent et co-
léreux, incomparable en sa beauté d'oiseau sorti
depuis peu du paradis. Un peu plus loin, dans
une autre cage, allait et venait une panthère
noire, encore pleine de l'odeur de sa forêt natale. C'était un étrange fragment de nuit étoilée,
une bande magnétique qui s'agitait sans arrêt, un
volcan noir et élastique qui voulait raser le
monde, une dynamo de force pure qui ondulait ;

et deux yeux jaunes, précis comme des poignards, et qui interrogeaient de tout leur feu car ils ne comprenaient ni la prison ni le genre humain.

Nous arrivâmes au temple étrange du Serpent, dans les faubourgs de Penang, une ville du pays qu'on appelait alors l'Indochine.

Ce temple a été souvent décrit par les voyageurs et les journalistes. Après tant de guerres, tant de destructions, tant d'années et tant de pluies qui se sont abattues sur les rues de Penang, je ne sais s'il existe encore. Sous son toit de tuiles, c'est un édifice noirâtre et bas, rongé par les pluies tropicales, dans le feuillage épais des bananiers. Un relent d'humidité. Un parfum de frangipaniers. Quand nous entrons dans le temple nous ne voyons rien dans la pénombre. Une forte odeur d'encens et là-bas quelque chose qui remue. C'est un serpent qui s'étire. Peu à peu nous constatons qu'il y en a d'autres. Puis nous observons qu'ils sont peut-être des douzaines. Plus tard nous comprenons qu'il y en a des centaines ou des milliers. Les uns sont petits, enroulés autour des candélabres ; d'autres, noirs, métalliques et minces. Tous semblent dormir, repus. Et, en effet, partout on voit de fins récipients de porcelaine, quelques-uns débordants de lait, d'autres garnis d'œufs. Les serpents ne nous regardent pas. Nous les frôlons en passant dans l'étroit labyrinthe du temple, ils dominent nos têtes, suspendus à l'architecture dorée, ils dorment dans la maçonnerie, ils se lovent sur les autels. Voici le redoutable serpent de Russell, en train de gober un œuf auprès d'une douzaine de serpents-corail meurtriers, dont les anneaux écarlates annoncent le foudroyant venin. Et voici le fer-de-lance et plusieurs pythons, la *coluber de rusi* et la *coluber noya*. Des serpents verts, gris, bleus ou noirs remplissent la salle. Tout est silencieux. De temps en temps, un bonze en robe safran traverse l'ombre. La couleur brillante de sa tunique le fait ressembler lui aussi à un serpent au glissement paresseux, à la recherche d'un œuf ou d'une écuelle de lait.

A-t-on apporté jusqu'ici ces reptiles ? Comment se sont-ils adaptés ? On répond à nos questions avec un sourire, en nous disant qu'ils sont venus seuls et repartiront seuls quand ils en auront envie. Il est vrai que les portes sont grandes ouvertes et qu'il n'y a ni grillage ni carreaux ni rien qui les oblige à rester dans ce temple.

L'autobus quittait Penang et devait traverser la forêt et des villages indochinois pour arriver à Saigon. Personne ne comprenait ma langue et je ne comprenais, moi, la langue de personne. Nous nous arrêtions dans des recoins de forêt vierge, au long de ce chemin interminable, et les voyageurs descendaient, des paysans aux yeux obliques, dignes et taciturnes, habillés d'une façon bizarre. Déjà nous n'étions plus que trois ou quatre à l'intérieur de l'imperturbable guimbarde qui grinçait et menaçait de se disloquer sous la nuit chaude.

Soudain, je me sentis pris de panique. Où étais-je ? Et où allais-je ? Pourquoi passer cette nuit sans fin au milieu d'inconnus ? Nous traversions le Laos et le Cambodge. J'examinai les visages impénétrables de mes derniers compagnons de voyage. Ils gardaient les yeux ouverts. Leurs mines me parurent patibulaires. J'avais l'impression de me trouver au milieu de typiques bandits d'un conte oriental.

Ils échangeaient des regards d'intelligence et m'observaient du coin de l'œil. Au même moment l'autobus s'arrêta silencieusement en pleine forêt. Je choisis mon siège pour mourir. Je ne les laisserais pas m'emmener pour être sacrifié sous ces arbres ignorés dont l'ombre épaisse cachait le ciel. Je mourrais ici, sur une banquette de cet autobus déglingué, parmi des paniers de légumes et des cages de volailles, mes seuls éléments familiers en une minute aussi dramatique. Je regardai autour de moi, décidé à affronter la rage de mes bourreaux, et je constatai qu'eux aussi avaient disparu.

J'attendis longtemps, seul, le cœur serré devant l'obscurité intense de la nuit étrangère. J'allais mourir sans qu'on l'apprît. Et si loin de mon petit pays aimé ! Si loin de mes amours et de mes livres !

Brusquement une lumière apparut, puis une autre lumière. Le chemin se couvrit de lumières. Un tambour roula et les notes stridentes de la musique cambodgienne éclatèrent. Flûtes, tambourins et torches remplirent de clarté et de sons le chemin. Un homme monta qui me dit en anglais :

— L'autobus est en panne. Comme l'attente sera longue, peut-être jusqu'à l'aube, et qu'il n'y a rien ici où dormir, les passagers sont allés chercher une troupe de musiciens et de danseurs pour vous divertir.

Durant des heures, sous ces arbres qui ne me menaçaient plus, j'assistai aux merveilleuses danses rituelles d'une noble et antique culture et j'écoutai jusqu'au lever du soleil la délicieuse musique qui envahissait le chemin.

Le poète n'a rien à craindre du peuple. La vie, me sembla-t-il, me faisait une remarque et me donnait à jamais une leçon : la leçon de l'honneur caché, de la fraternité que nous ne connaissons pas, de la beauté qui fleurit dans l'obscurité.

UN CONGRÈS EN INDE

Aujourd'hui est un jour grandiose. Nous sommes au Congrès de l'Inde. Une nation en pleine lutte pour sa libération. Des milliers de délégués remplissent les galeries. Je connais personnellement Gandhi. Et le pandit Motilal Nehru, lui aussi patriarche du mouvement. Et son fils, l'élégant et jeune Jawaharlal, rentré depuis peu d'Angleterre. Nehru est partisan de l'indépendance tandis que Gandhi défend la simple autonomie comme une étape nécessaire. Gandhi : un visage fin de renard perspicace ; un homme pratique ; un politique comparable à nos vieux dirigeants d'Amérique ; expert en comités, tacticien chevronné, infatigable. Pendant ce temps la foule est une coulée sans fin qui touche adorative le bord de sa tunique blanche en criant « Ghandiji ! Ghandiji ! » ; lui, répond par de petits saluts et sourit sans ôter ses lunettes. Il reçoit et lit des messages ; il répond à des télégrammes ; tout cela sans effort ; c'est un saint qui ne s'use pas. Nehru, lui, est un intelligent académicien de sa révolution.

Un autre grand personnage de ce congrès fut Subhâs Chandra Bose, démagogue fougueux, violent anti-impérialiste, fascinante figure politique de son pays. Durant la guerre de 1914, au moment de l'invasion des Japonais, il s'était allié à eux contre l'empire anglais. Longtemps après, là-bas, en Inde, un de ses compagnons me raconta comment était tombé le fort de Singapour :

— Nous avions nos armes pointées sur les assiégeants japonais. Brusquement nous nous demandâmes… et pourquoi ? Nous fîmes faire demi-tour à nos soldats et dirigeâmes nos tirs contre les troupes anglaises. L'affaire était des plus simples. Les Japonais étaient des envahisseurs momentanés. Les Anglais, eux, paraissaient éternels.

Subhâs Chandra Bose fut arrêté, jugé et condamné à mort pour haute trahison par les tribunaux britanniques de l'Inde. Sous l'impulsion

de la vague séparatiste, les protestations se mul-
tiplièrent. Finalement, après bien des batailles
légales, son avocat, qui n'était autre que Nehru,
obtint pour lui l'amnistie. Dès cet instant, Bose
se transforma en héros populaire.

LES DIEUX GISANTS ⟨

... *Partout les statues de Bouddha, de Lord Bouddha... Les statues sévères, verticales, vermoulues, avec une dorure qui leur communique un éclat animal et un écaillement extérieur qui donne à croire que l'air les détériore... Sur leurs joues, sur les plis de leur tunique, sur leurs coudes, leur nombril, leur bouche, leur sourire, jaillissent de petites macules : champignons, porosités, traînées excrémentielles de la forêt... Et voici aussi les gisants, les énormes gisants, les statues de quarante mètres de pierre, de granit gréseux, pâles, étendues parmi les feuillages sonores, inattendues, surgissant de quelque recoin de la forêt, de quelque plateforme environnante... Endormies ou non, elles sont ici depuis cent ans, mille ans, mille fois mille ans... Mais elles sont douces en leur ambiguïté métaterrestre bien connue, elles qui aspirent à s'en aller et à rester... Et ces lèvres de pierre si suave, cette majesté impondérable faite cependant de pierre dure, à qui sourient-*

elles, et à combien d'élus, sur la terre sanglante ?...
Elles ont vu passer les paysannes qui fuyaient, les in-
cendiaires, les guerriers masqués, les faux prêtres, les
touristes dévorants... Et la statue est restée là, bien à
sa place, l'immense pierre avec des genoux, avec des
plis sur sa tunique, avec son regard perdu et pourtant
existant, complètement inhumain et d'une certaine
façon humain, d'une certaine façon ou par quelque
contradiction statuaire, étant et n'étant pas divine,
étant et n'étant pas pierre, sous le croassement des
oiseaux noirs, parmi les battements d'ailes des oiseaux
rouges, des oiseaux de la forêt... Nous ne pouvons
nous empêcher de penser aux terribles christs espagnols
dont nous avons hérité avec leurs plaies et tout le reste,
leurs pustules et tout le reste, leurs cicatrices et tout le
reste, et avec cette odeur de cierge, d'humidité, de ren-
fermé qui est celle des églises... Ces christs aussi ont
hésité entre être des hommes ou des dieux... Pour en
faire des hommes, pour les rapprocher de ceux qui
souffrent, de la femme en couches et du décapité, du
paralytique et de l'avare, des gens d'églises et de ceux
qui entourent les églises, pour les rendre humains, les
sculpteurs les ont dotés de plaies horripilantes et tout
s'est transformé en religion du supplice, en pèche et
souffre, ne pèche pas et souffre quand même, vis et
souffre, sans que tu puisses trouver d'issue libératrice...
Ici non, ici la paix est arrivée jusqu'à la pierre... Les

statuaires se sont révoltés contre les canons de la douleur et ces Bouddhas colossaux, avec des pieds de dieux
géants, ont sur le visage un sourire de pierre qui est
paisiblement humain, sans toute cette souffrance... Et
il en émane une odeur non de pièce morte, non de sa-
cristie et de toiles d'araignée, mais d'espace végétal, de
rafales qui retombent soudain en ouragans de plumes,
de feuilles, de pollen de la forêt sans fin...

L'INFORTUNÉE FAMILLE HUMAINE

J'ai lu dans quelques essais sur ma poésie que mon séjour en Extrême-Orient influence certains aspects de mon œuvre, en particulier *Résidence sur la terre*. En réalité, les seuls poèmes que j'écrivis à cette époque sont ceux de *Résidence sur la terre* mais, sans me risquer à l'affirmer catégoriquement, je dis que cette influence qu'on croit percevoir me semble erronée.

Tout l'ésotérisme philosophique des pays orientaux, confronté à la vie réelle, se révélait être un sous-produit de l'inquiétude, de la névrose, de l'égarement et de l'opportunisme occidentaux, autrement dit de la crise de principes du capitalisme. Il n'y avait pas alors en Inde beaucoup d'endroits pour la contemplation profonde de son nombril. Des exigences matérielles brutales, une condition coloniale cimentée dans l'abjection la plus totale, des milliers de morts chaque jour, à cause du choléra, de la variole, des fièvres et de la faim, des organisations féodales déséquilibrées par la surpopulation et la pauvreté industrielle, marquaient la vie d'une grande férocité qui éliminait les reflets mystiques.

Le plus souvent les noyaux théosophiques étaient dirigés par des aventuriers occidentaux, parmi lesquels ne manquaient pas de figurer des Américains du Nord et du Sud. Il est indéniable qu'il y avait dans leurs rangs des gens de bonne foi, mais la plupart exploitaient un marché modeste où l'on vendait en gros des amulettes et des fétiches exotiques enveloppés dans une fanfreluche métaphysique. Ces gens ne juraient que par le Dharma et le Yoga. La gymnastique religieuse imprégnée de vide et de bavardage les ravissait.

Pour ces raisons l'Orient m'impressionna en tant que grande famille humaine infortunée, mais je ne réservai aucune place dans ma conscience à ses rites et à ses dieux. Je ne crois donc pas que ma poésie d'alors ait reflété autre chose que la solitude d'un étranger transplanté dans un monde étrange et violent.

Je revois l'un de ces touristes de l'occultisme,

prêcheur et végétarien. C'était un petit bonhomme entre deux âges, sans un cheveu sur son crâne brillant, avec des yeux bleus très clairs, pénétrants et cyniques, un nommé Powers. Il venait de Californie, professait le bouddhisme et terminait immanquablement ses conférences par le conseil diététique suivant : « Comme le disait Rockefeller, nourrissez-vous chaque jour d'une orange. »

La fraîcheur joyeuse de ce Powers me le rendit sympathique. Il parlait l'espagnol. Après ses conférences nous allions dévorer ensemble d'énormes portions d'agneau grillé *(khebab)* aux oignons. C'était un bouddhiste militant, je ne sais si légitime ou illégitime, doué d'une voracité plus authentique que le contenu de ses causeries.

Powers s'éprit bientôt d'une métisse, séduite par son smoking et ses théories, une jeune fille anémique au regard dolent qui le prenait pour un dieu, un Bouddha vivant. Les religions commencent toujours ainsi.

Quelques mois passèrent et il vint un jour me chercher pour que j'assiste à un nouveau mariage qu'il m'annonça. Sur sa motocyclette, prêtée par une maison de commerce pour laquelle il vendait des réfrigérateurs, nous laissâmes rapidement derrière nous forêts, rizières et monastères. Nous arrivâmes enfin à un hameau de construction chinoise et habité par des Chinois. Ceux-ci accueillirent Powers avec des fusées et de la musique, tandis que la jeune fiancée demeurait assise, maquillée de blanc comme une idole, sur une chaise plus haute que les autres. Toujours en musique, nous bûmes des jus de fruits de toutes les couleurs. À aucun moment Powers et sa nouvelle épouse ne s'adressèrent la parole.

Nous rentrâmes à la ville. Powers m'expliqua que selon ce rite seule la fiancée se mariait. Les cérémonies allaient se poursuivre sans que sa présence à lui fût nécessaire. Plus tard il reviendrait vivre avec elle.

— Vous rendez-vous compte que vous êtes en pleine polygamie ? lui demandai-je.

— Ma femme le sait et elle sera très contente, me répondit-il.

Il y avait dans son affirmation autant de vérité que dans son conseil diététique. Une fois arrivé chez lui, au domicile de sa première femme, nous trouvâmes celle-ci en train d'agoniser près d'une tasse de poison et d'une lettre d'adieu, posées sur le guéridon. Son corps brun, complètement nu, était immobile sous la moustiquaire. L'agonie dura plusieurs heures.

J'assistai Powers, bien qu'une certaine répulsion commençât de nous séparer, car il souffrait de toute évidence. Son cynisme intérieur s'était effrité. Je l'accompagnai pour la cérémonie funèbre. Au bord du fleuve, nous posâmes le modeste cercueil sur quelques bûches entassées. Puis Powers mit le feu aux brindilles, en murmurant des phrases rituelles en sanskrit.

Quelques musiciens vêtus de tuniques orange psalmodiaient ou soufflaient dans de lugubres instruments. Le bois s'éteignait à demi consumé et il fallait raviver la flamme avec des allumettes. Le fleuve coulait indifférent entre ses rives. Le ciel éternellement bleu de l'Orient montrait aussi une impassibilité totale, une indifférence infinie envers ces tristes et solitaires funérailles d'une pauvre femme abandonnée.

Ma fonction officielle ne s'exerçait qu'une fois tous les trois mois quand arrivait de Calcutta un bateau qui transportait de la paraffine solide et de grandes caisses de thé vers le Chili. Fiévreusement je devais timbrer et signer des documents. Puis c'étaient trois nouveaux mois d'inaction, de contemplation solitaire de marchés et de temples. C'est l'époque la plus douloureuse de ma poésie.

La rue était ma religion. La rue birmane, la ville chinoise avec ses théâtres en plein air, ses dragons de papier et ses lanternes magnifiques. La rue hindoue, la plus humble, avec ses temples qui constituaient le commerce d'une caste et ses pauvres prosternés au-dehors, dans la boue. Les marchés où les feuilles de bétel s'élevaient en vertes pyramides comme des montagnes de malachite. Les oiselleries, les marchands de fauves et d'oiseaux sauvages. Les rues tortueuses où passaient en ondulant les femmes birmanes, avec à la bouche un long cigare. Tout cela m'absorbait et me plongeait peu à peu dans le sortilège de la vie réelle.

Les castes avaient classé la population indienne en une sorte de Colisée parallélépipédique aux galeries superposées et au sommet duquel siégeaient les dieux. Les Anglais maintenaient de leur côté leur hiérarchie, qui partait du modeste garçon de magasin, passait par les professionnels et les intellectuels, continuait avec les exportateurs et culminait avec cette terrasse du système où s'asseyaient confortablement les aristocrates du *Civil Service* et les banquiers de l'*empire*.

Ces deux mondes ne frayaient point ensemble. Les natifs ne pouvaient pas entrer dans les lieux destinés aux Anglais et les Anglais vivaient à l'écart de la vibration du pays. Une telle situation me valut des problèmes. Mes amis britanniques me virent dans un véhicule baptisé *gharry*, une voiturette spécialisée dans le rendez-vous galant et éphémère, et me firent aimablement remarquer qu'un consul ne devait en aucun cas recourir à ce genre de transport. Ils me sommèrent aussi de ne pas m'asseoir dans un restaurant iranien, un endroit pourtant plein de vie et où je prenais le meilleur thé du monde dans de petites tasses transparentes. Ce furent là leurs dernières semonces ; après cela, ils cessèrent de me saluer.

Leur boycottage me rendit heureux. Ces Européens pleins de préjugés n'étaient pas très intéressants à mon goût et puis je n'étais pas venu en Orient pour vivre avec des colonisateurs de passage mais avec les héritiers de ce monde ancien, avec cette grande et infortunée famille humaine. J'entrai si avant dans l'âme et dans la vie de cette dernière que je m'épris d'une native. Elle s'habillait comme une Anglaise et se faisait appeler Josie Bliss. Mais dans l'intimité de sa maison, que je ne tardai pas à partager, elle abandonnait cet accoutrement et ce nom pour retrouver son éblouissant sarong et son mystérieux nom birman.

Je connus des difficultés dans ma vie privée.
L'amour de la douce Josie Bliss se fit si passionné
et si exclusif qu'elle finit par tomber malade de
jalousie. Sans celle-ci, j'aurais peut-être continué
de vivre indéfiniment avec elle. J'avais de la tendresse pour ses pieds nus, pour les blanches fleurs
qui brillaient dans ses cheveux noirs. Mais son
tempérament l'incitait à des outrances primiti-
ves. Elle soupçonnait, elle exécrait les lettres qui
m'arrivaient de loin ; elle cachait mes télégrammes sans les ouvrir, elle regardait avec rancœur
l'air que je respirais.

Parfois une lumière me réveillait, un fantôme
qui remuait derrière la moustiquaire. C'était elle,
habillée de blanc, qui brandissait son couteau
indigène long et pointu. C'était elle, qui allait et
venait des heures entières autour de mon lit sans
se décider à me tuer. « Quand tu seras mort, mes
craintes s'envoleront », me disait-elle. Le lendemain, elle célébrait des rites mystérieux pour
s'attacher ma fidélité.

Elle aurait fini par me supprimer. Par bonheur, je reçus un message officiel qui m'apprenait ma nomination à Ceylan. Je préparai mon voyage en catimini et un jour, abandonnant mes livres et ma garde-robe, je quittai la maison comme à l'accoutumée et montai à bord du bateau qui devait m'emporter au loin.

Je laissais Josie Bliss, sorte de panthère birmane, en proie à la plus grande des douleurs. À peine le bateau commença-t-il à s'agiter sur les vagues du golfe du Bengale que je me mis à écrire le poème « Tango du Veuf », tragique fragment de ma poésie destiné à la femme que je perdis et qui me perdit parce que le volcan de la colère crépitait sans repos dans son sang. Ô que la nuit était immense ! Que la terre était solitaire !

L'OPIUM

... Il y avait des rues entières consacrées à l'opium... Les fumeurs s'allongeaient sur des estrades basses... C'étaient les véritables centres religieux de l'Inde... Ils n'offraient aucun luxe, ni tapisseries ni coussins de soie... Tout n'y était que planches brutes, sans même un revêtement de peinture, pipes de bambou et oreillers de faïence chinoise... Il y flottait un air de dignité et d'austérité qui n'existait pas dans les temples... Les hommes assoupis ne faisaient ni mouvements ni bruit... Je fumai une première pipe... Rien... Rien qu'une fumée caligineuse, tiède et laiteuse... Je fumai quatre pipes et je fus cinq jours malade : des nausées montaient de mon épine dorsale et descendaient de mon cerveau... Avec une haine du soleil, une haine de vivre... Le châtiment de l'opium... Pourtant, l'opium ne pouvait pas n'être que cela... On en parlait tant, on avait tellement écrit à son sujet, on avait tellement fouillé mallettes et

valises dans les douanes pour essayer de saisir le poi-
son, le célèbre poison sacré... Il me fallait vaincre ma
répugnance... Je devais apprendre l'opium, connaître
l'opium, pour apporter mon témoignage... Je fumai
de nombreuses pipes, jusqu'au moment où je sus...
De rêves point, ni d'images, aucun paroxysme...
Simplement un affaiblissement mélodique, comme si
une note infiniment suave se prolongeait dans l'at-
mosphère... Un effacement, un creux à l'intérieur de
soi... Le moindre mouvement, du cou, de la nuque,
le moindre son d'une voiture au loin, un klaxon ou
un cri dans la rue, entrent faire partie d'un tout, d'un
délice reposant... Je compris pourquoi les ouvriers des
plantations, les journaliers, les rickshawmen *qui*
tirent et tirent leur rickshaw *toute la journée, de-*
meuraient là soudain, dans l'ombre, immobiles...
L'opium n'était pas le paradis des amateurs d'exo-
tisme tel qu'on me l'avait peint, mais l'échappatoire
des exploités... Tous ces gens de la fumerie étaient de
pauvres diables... Il n'y avait aucun coussin brodé,
aucune trace de richesse quelconque... Rien ne brillait
dans l'enceinte, même pas les yeux mi-clos des fu-
meurs... Ils se reposaient, dormaient-ils ?... Je ne pus
jamais le savoir... Personne ne parlait... Jamais per-
sonne ne parlait... Il n'y avait ni meubles ni tapis,
rien... Sur les estrades usées, adoucies par tant de
contact humain, on voyait çà et là de petits appuis-tête

en bois... Rien d'autre, hormis le silence et l'odeur d'opium, étrangement forte et repoussante... Sans doute existait-il ici un chemin vers l'anéantissement... L'opium des magnats, des colonisateurs était destiné aux colonisés... Les fumeries exhibaient à leur porte leur autorisation d'exploiter, leur numéro et leur patente... À l'intérieur régnaient un grand silence opaque, une inaction qui atténuaient le malheur et lénifiaient la fatigue... Un silence caligineux, sédiment de beaucoup de rêves frustrés qui trouvaient ici leur refuge... Ces hommes qui rêvaient, les yeux mi-clos, étaient en train de vivre une heure engloutis sous la mer, une nuit entière sur une colline, en train de jouir d'un repos subtil et délicieux...

Je ne remis jamais les pieds dans les fumeries... J'avais appris... Je connaissais... J'avais palpé une chose insaisissable... cachée très loin derrière la fumée...

CEYLAN

Ceylan, la plus belle des grandes îles du monde, avait dans les années 29 la même structure coloniale que l'Inde et la Birmanie. Les Anglais se retranchaient dans leurs quartiers et dans leurs clubs, entourés d'une foule immense de musiciens, de potiers, de tisserands, d'esclaves des plantations, de moines vêtus de jaune et de gigantesques dieux sculptés dans les montagnes de pierre.

Entre les Anglais, tous les soirs en smoking, et les Hindous inaccessibles en leur fabuleuse immensité, je ne pouvais choisir que la solitude ; c'est pourquoi cette époque a été la plus solitaire de ma vie. Mais je la revois aussi comme la plus lumineuse, comme si un éclair d'une brillance extraordinaire s'était arrêté à ma fenêtre pour embraser intérieurement et extérieurement mon destin.

Je m'installai dans un petit bungalow qui venait d'être construit dans le faubourg de Wellawatha, près de la mer. C'était une zone déserte, où les vagues venaient se briser contre les récifs. La nuit, la musique marine redoublait.

Le matin, le miracle de cette nature fraîche lavée m'ahurissait. Très tôt, je rejoignais les pêcheurs. Les embarcations munies de très longs flotteurs ressemblaient à des araignées de mer. Les hommes retiraient de leurs filets des poissons aux couleurs vives, des poissons pareils aux oiseaux de la forêt sans fin, certains d'un bleu de nuit phosphorescent comme un intense velours vivant, d'autres en forme de ballon piquant qui se dégonflait et n'était plus pour finir qu'une pauvre bourse d'épines.

Je contemplais avec horreur le massacre des joyaux marins. On vendait le poisson par morceaux à la population pauvre. Le coutelas des sacrificateurs écartelait cette matière divine de la profondeur pour la transformer en marchandise ensanglantée.

En suivant la côte, j'arrivais au bain des éléphants. Accompagné de mon chien, je ne pouvais pas me tromper. De l'eau tranquille surgissait un champignon gris immobile, qui se changeait ensuite en serpent, puis en tête immense, et enfin en montagne armée de défenses. Aucun pays au monde n'avait et n'a encore autant d'éléphants au travail sur les chemins. C'était un spectacle étonnant de les voir — maintenant loin du cirque ou des grilles du zoo — en train de transporter ici et là leurs chargements de bois, comme de laborieux et énormes journaliers.

Mes seuls compagnons étaient mon chien et ma mangouste. Celle-ci, depuis sa sortie de la forêt, grandissait à mon côté, dormait dans mon lit et mangeait à ma table. Nul ne peut imaginer la tendresse d'une mangouste. Mon tout petit animal connaissait chaque minute de mon existence, se promenait dans mes papiers et courait derrière moi toute la journée. Il se lovait entre mon épaule et ma tête à l'heure de la sieste et dormait là, de ce sommeil agité et électrique des animaux sauvages.

Ma mangouste apprivoisée devint célèbre dans le quartier. Les batailles continuelles qu'elles soutiennent courageusement contre les cobras redoutables donnent aux mangoustes un prestige presque mythologique. Je crois, les ayant vues lutter très souvent contre les serpents, qu'elles triomphent d'eux seulement par leur agilité et leur poil épais, d'une couleur poivre et sel, qui les déconcerte et les abuse. On pense là-bas que la mangouste, après avoir vaincu ses ennemis venimeux, part en quête d'herbettes qui lui servent de contrepoison.

Toujours est-il que le prestige de ma mangouste — qui me suivait chaque jour dans mes longues randonnées sur les plages — voulut qu'un après-midi tous les enfants du faubourg arrivassent chez moi en imposante procession. Un horrible serpent était apparu dans la rue et ils venaient chercher Kiria dont ils s'apprêtaient à célébrer le triomphe. Suivi de mes admirateurs — plusieurs bandes de gamins tamouls et cingalais vêtus de simples pagnes —, je pris la tête de l'escorte guerrière avec ma mangouste dans les bras.

L'ophidien était une pollongha noire, dite aussi serpent de Russell, à la piqûre mortelle. Elle prenait le soleil dans l'herbe, sur une canalisation blanche où elle se détachait comme un fouet sur la neige.

Les gamins restèrent derrière moi, silencieux. J'avançai au long du conduit et à deux mètres environ du serpent, je lâchai ma mangouste. Kiria renifla l'air, détectant le danger, et se dirigea à pas lents vers la pollongha. Nous retînmes tous notre souffle. La grande bataille allait commencer. Le serpent se lova, dressa la tête, ouvrit la gueule et braqua son regard hypnotique sur le petit animal. La mangouste continua d'avancer. Mais à quelques centimètres de la bouche du monstre elle se rendit vraiment compte de ce qui allait se passer. Alors elle fit un grand bond en arrière et, rebroussant chemin à une allure vertigineuse, planta là serpent et spectateurs. Elle ne cessa de courir qu'une fois à l'abri dans ma chambre. C'est ainsi qu'il y a plus de trente ans je perdis mon prestige dans le faubourg de Wellawatha.

Ces jours derniers ma sœur m'a apporté un cahier qui contient mes poèmes les plus anciens, écrits en 1918 et 1919. En les lisant j'ai souri devant la douleur enfantine et adolescente, devant le sentiment littéraire de solitude qui se dégage de toute mon œuvre de jeunesse. L'écrivain jeune ne peut écrire sans ce frisson de solitude, même imaginaire, de même que l'écrivain mûr ne fera rien sans la saveur de la compagnie humaine, de la société.

La véritable solitude, je l'ai connue en ces jours

et en ces années de Wellawatha. Je dormais alors sur un lit de camp, comme un soldat, comme un explorateur. Je n'avais d'autre compagnie qu'une table et deux chaises, mon travail, mon chien, ma mangouste et le boy qui me servait et retournait, la nuit venue, à son village. Cet homme n'était pas à proprement parler une compagnie ; sa condition de serviteur oriental l'obligeait à être plus silencieux qu'une ombre. Il s'appelait et s'appelle peut-être encore Brampy. Je n'avais pas besoin de lui demander quoi que ce fût car tout était toujours prêt : mon repas sur la table, mon linge qu'il venait de repasser, la bouteille de whisky dans la véranda. Il n'avait oublié, semblait-il, que le langage. Il savait seulement sourire de ses grandes dents de cheval.

La solitude, dans ce cas, ne se réduisait pas à un thème d'invocation littéraire, elle était une chose dure comme le mur du prisonnier, contre lequel on peut s'ouvrir la tête sans que personne accoure, même si on crie, même si on pleure.

Je comprenais que de l'autre côté de l'air bleu et du sable doré, au-delà de la forêt primordiale, au-delà des serpents et des éléphants, il y avait des centaines, des milliers d'êtres humains qui chantaient et qui travaillaient au bord de l'eau, qui chassaient et qui pétrissaient des poteries ; et aussi des femmes ardentes qui dormaient nues sur les nattes légères, à la clarté des étoiles immenses. Mais comment aborder ce monde vibrant sans être considéré autrement que comme un ennemi ?

Pas à pas je découvris l'île. Une nuit je traversai tous les faubourgs obscurs de Colombo pour assister à un dîner mondain. D'une maison dans l'ombre s'élevait la voix d'un enfant ou d'une femme qui chantait. Je fis arrêter mon *rickshaw*. Arrivé à deux pas de l'humble seuil je fus surpris par une odeur qui est celle, caractéristique, de Ceylan : un mélange de jasmin, de sueur, d'huile de noix de coco, de frangipanier et de magnolia. Des visages sombres, qui se confondaient avec la couleur et l'odeur de la nuit, m'invitèrent à entrer. Je m'assis en silence sur une natte, tandis que persistait dans l'obscurité la mystérieuse voix humaine qui m'avait incité à m'arrêter, voix d'enfant ou de femme, tremblante et sanglotante, qui montait jusqu'à l'indicible, s'interrompait soudain, descendait pour devenir aussi obscure que les ténèbres, s'associait au parfum des frangipaniers, s'enroulait en arabesques et retombait brusquement de tout son poids cristallin, comme si le plus haut des jets d'eau avait touché le ciel pour se laisser choir ensuite parmi les jasmins.

Je demeurai longtemps immobile, livré au sortilège des tambours et à la fascination de cette voix, puis je repris ma route, grisé par l'énigme d'un sentiment indéchiffrable, d'un rythme dont le mystère émanait de la terre entière. Une terre sonore, enveloppée d'ombre et de parfum.

Les Anglais étaient déjà à table, dans leurs habits noirs et blancs.

— Pardonnez-moi, leur dis-je. Mais je me suis arrêté en route pour écouter de la musique.

Eux, qui avaient vécu vingt-cinq ans à Ceylan, montrèrent une surprise élégante. De la musique ? Ainsi les gens d'ici avaient leur musique ? Ils l'ignoraient. C'était la première nouvelle.

Ce terrible fossé séparant les colonisateurs anglais du vaste monde asiatique n'a jamais été comblé. Il a toujours protégé un isolement antihumain, une méconnaissance totale des valeurs et de la vie indigènes.

Le colonialisme avait ses exceptions, comme il me fut donné plus tard de le vérifier. Brusquement un Anglais du Club Service devenait amoureux fou d'une beauté hindoue. Il était aussitôt expulsé de son poste et isolé comme un lépreux de ses compatriotes. C'est aussi vers cette époque que les colons ordonnèrent de brûler la paillote d'un paysan cingalais, pour l'obliger à décamper et s'approprier ses terres. L'Anglais qui devait exécuter les ordres et raser la cabane était un modeste fonctionnaire. Il s'appelait Leonard Woolf. Ayant refusé d'agir, il fut suspendu de ses fonctions. Rendu à l'Angleterre, il y écrivit l'un des meilleurs livres qu'on ait jamais rédigé sur l'Orient : *A Village in the Jungle*, chef-d'œuvre de la vie authentique et de la littérature de témoignage, un peu et même beaucoup écrasé, il est vrai, par ceux de la femme de Woolf, la célèbre Virginia, grand écrivain subjectif de renommée universelle.

Peu à peu l'écorce impénétrable se fendit et j'eus quelques rares mais bons amis. Je découvris en même temps la jeunesse imprégnée de colonialisme culturel, qui ne parlait que des derniers livres publiés en Angleterre. Je me rendis compte que le pianiste, photographe, critique et cinéaste Lionel Wendt était le centre de la vie culturelle, qui se débattait entre les râles de l'empire et une attirance pour les valeurs vierges de Ceylan.

Ce Lionel Wendt, qui possédait une grande bibliothèque et recevait toutes les nouveautés d'Angleterre, prit l'extravagante et bonne habitude d'envoyer chaque semaine chez moi, qui habitais loin de la ville, un cycliste chargé d'un sac de livres. Ainsi, durant quelque temps, je lus des kilomètres de romans anglais, parmi lesquels *L'Amant de lady Chatterley*, dont la première édition privée venait de paraître à Florence. Les œuvres de Lawrence m'impressionnèrent par leur approche poétique et par un certain magnétisme vital dirigé vers les rapports cachés entre les êtres. Mais je compris vite que le romancier, malgré son génie, était frustré comme tant de grands écrivains anglais par son prurit didactique. D. H. Lawrence fonde une chaire d'éducation sexuelle qui a peu de chose à voir avec notre apprentissage spontané de la vie et de l'amour. Il finit par m'ennuyer irrémédiablement, sans que s'amoindrisse jamais mon admiration pour sa recherche mystico-sexuelle torturée, d'autant plus douloureuse qu'inutile.

Parmi mes souvenirs de Ceylan, je revois une grande chasse à l'éléphant.

Les éléphants étaient devenus trop nombreux dans un certain secteur et au cours de leurs incursions endommageaient maisons et cultures. Durant plus d'un mois, au long d'un fleuve, les paysans, avec du feu, des brasiers et des gongs, obligèrent peu à peu les troupeaux sauvages à reculer vers un coin de la forêt et à s'y rassembler.

Nuit et jour, les flammes et le bruit des instruments inquiétaient les grands animaux qui se déplaçaient comme un fleuve lent vers le nord-ouest de l'île.

Puis arriva le jour du *kraal*. Les palissades obstruaient une partie de la forêt. Par un étroit couloir je vis entrer le premier éléphant qui se sentit aussitôt pris au piège. Il était trop tard. Des centaines d'autres s'avançaient dans le corridor sans issue. L'immense troupeau de près de cinq cents éléphants était dans l'impossibilité d'avancer ou de reculer.

Les mâles les plus puissants se dirigèrent vers les palissades en essayant de les briser, mais derrière celles-ci surgirent d'innombrables lances qui les arrêtèrent. Alors ils se replièrent au centre de l'enclos, décidés à protéger les femelles et leurs petits. Leur défense et leur organisation étaient émouvantes. Ils lançaient un appel angoissé, une sorte de hennissement ou de coup de trompette, et dans leur désespoir déracinaient les arbres les plus faibles.

Soudain, montant deux éléphants apprivoisés, les dresseurs entrèrent. Le couple domestiqué agissait comme l'auraient fait de vulgaires policiers. Ils encadraient l'animal prisonnier, le frappaient de leurs trompes, aidaient à l'immobiliser.

À ce moment les chasseurs lui attachaient une des pattes de derrière à un arbre robuste avec de grosses cordes. L'un après l'autre, tous les éléphants furent ainsi capturés.

L'éléphant prisonnier refuse durant des jours et des jours de s'alimenter. Mais les chasseurs connaissent ses faiblesses. Ils le laissent jeûner un certain temps puis lui apportent des bourgeons et des pousses de ses arbres préférés, tout cela qu'il cherchait au cours de ses randonnées forestières, lorsqu'il était en liberté. Finalement l'éléphant se décide à les manger. Il est désormais domestiqué. Il va commencer à apprendre ses pénibles travaux.

LA VIE À COLOMBO

Apparemment Colombo ne présentait aucun symptôme révolutionnaire. Le climat politique différait ici de celui de l'Inde. Tout baignait dans une tranquillité oppressive. Le pays produisait pour les Anglais le meilleur thé du monde.

Ceylan était divisé en secteurs ou compartiments. Après les Anglais, qui occupaient le haut de la pyramide et vivaient dans de grandes résidences avec des jardins, venait une classe moyenne semblable à celle de nos pays sud-américains. Ses composants s'appelaient — ou s'appellent encore — *burghers* et descendaient des anciens Boers, ces colons hollandais de l'Afrique du Sud qui furent exilés à Ceylan durant la guerre coloniale du siècle dernier.

Au-dessous on trouvait la population bouddhiste ou mahométane des Cingalais, composée de millions d'hommes et de femmes. Et plus bas encore, au niveau des salaires de famine, des millions également d'immigrants des Indes, de langue tamile et de religion hindoue, tous venus du sud de leur pays.

Parmi la soi-disant « bonne société » qui déployait sa fine fleur dans les beaux clubs de Colombo, deux snobs se disputaient le haut du pavé. L'un était un faux noble français, le comte de Mauny, qui avait ses adeptes ; l'autre, un Polonais à la négligence élégante, mon ami Winzer, qui pérorait dans les salons, fort peu nombreux. Winzer était un homme ingénieux, passablement cynique et au courant de toutes les choses de l'univers. Il avait une profession bizarre — « conservateur du trésor culturel et archéologique » — qui fut pour moi une révélation quand je l'accompagnai un jour dans une de ses tournées officielles.

Les fouilles avaient exhumé deux magnifiques villes anciennes englouties jusqu'alors par la forêt : Anuradapura et Polonaruwa. Colonnes et galeries brillaient à nouveau sous l'éclatant soleil cingalais. Naturellement, tout ce qui était transportable partait bien emballé pour le British Museum de Londres.

Mon ami Winzer s'y prenait fort bien. Il arrivait dans les monastères éloignés et avec l'aide complaisante des moines bouddhistes transportait jusqu'à la camionnette officielle les prodigieuses sculptures de pierre millénaire qui iraient finir leur carrière dans les musées d'Angleterre. Il fallait voir l'air satisfait des moines en costume safran lorsque Winzer leur laissait en échange de leurs antiquités quelques figures bouddhistes peinturlurées de celluloïd *made in Japan*. Ils les regardaient en s'inclinant et les déposaient sur ces mêmes autels où les statues de jaspe et de granit avaient souri durant des siècles.

Mon ami Winzer était un excellent produit de l'empire, en d'autres termes une élégante crapule.

Un événement troubla ces jours épuisés par le soleil. À l'improviste mon amour birman, l'impétueuse Josie Bliss, vint s'installer dans la maison d'en face. Elle avait voyagé de son lointain pays jusqu'à Ceylan. Comme elle pensait qu'il n'y avait pas de riz ailleurs qu'à Rangoon, elle en apportait un sac en bandoulière, et aussi nos disques préférés de Paul Robeson et un long tapis roulé. De la porte de son domicile, elle se consacra à surveiller, puis à insulter et à agresser tous mes visiteurs. Josie Bliss, dévorée par la jalousie, menaçait aussi d'incendier ma retraite. Je me souviens qu'elle attaqua avec un long couteau une douce Eurasienne qui était venue me rendre visite.

La police coloniale considéra que sa présence incontrôlée était un foyer de désordre dans la rue tranquille. On me dit qu'on allait l'expulser du pays si je ne la recueillais pas. Je souffris plusieurs jours durant, hésitant entre la tendresse que m'inspirait son amour malheureux et la terreur qu'elle faisait renaître en moi. Je ne pouvais la laisser mettre un pied chez moi : terroriste amoureuse, elle eût été capable de tout.

Enfin, un jour, elle décida de repartir et me pria de l'accompagner jusqu'au bateau. Au moment où celui-ci allait lever l'ancre et où il me fallait quitter le bord, elle bondit d'entre les autres passagers et m'embrassant dans un élan d'amour et de douleur, couvrit de larmes mon visage. Comme dans un rite, elle embrassait mes bras, mon costume et, soudain, sans que je pusse l'éviter, descendit jusqu'à mes souliers. Quand elle se releva, son visage était tout barbouillé de blanc d'Espagne. Je ne pouvais lui demander de renoncer à son voyage, d'abandonner avec moi le bateau qui l'emportait à tout jamais. La raison me l'interdisait, mais mon cœur reçut ce jour-là une cicatrice qui n'a pas disparu. Cette douleur turbulente, ces larmes terribles roulant sur le visage enfariné, restent gravées dans ma mémoire.

J'avais presque fini d'écrire le premier volume de *Résidence sur la terre*. Cependant, mon travail avait avancé avec lenteur. La distance et le silence me séparaient de mon milieu naturel et j'étais incapable d'entrer vraiment dans le monde étrange qui m'entourait.

Mon livre recueillait comme épisodes originels les expériences de ma vie suspendue dans le vide et « Plus près du sang que de l'encre ». Pourtant mon style se fit plus épuré et je m'acharnai à ressasser une mélancolie frénétique. Je me complus, par souci de vérité et aussi par rhétorique (ces deux farines font le pain de la poésie), dans un style amer qui visait avec un entêtement systématique ma propre destruction. Le style n'est pas seulement l'homme. Il est aussi ce qui l'entoure, et si l'ambiance n'entre pas dans le poème, le poème est mort : mort pour n'avoir pu respirer.

Je n'ai jamais lu autant et avec autant de plaisir que dans ce faubourg de Colombo où je vécus si longtemps solitaire. De temps en temps, je revenais à Rimbaud, à Quevedo, à Marcel Proust. *Du côté de chez Swann* me fit revivre les tourments, les amours et les jalousies de mon adolescence. Et je compris que dans cette phrase de la sonate de Vinteuil, phrase musicale que Proust qualifie d'*aérienne et odorante*, non seulement on savoure la description la plus exquise du son passionnant mais aussi une mesure désespérée de la passion.

Mon problème dans ces solitudes fut de découvrir cette musique et de l'entendre. Les recherches que je fis avec l'aide de mon ami musicien et musicologue nous permirent d'apprendre que le Vinteuil de Proust avait peut-être été inspiré par Schubert et Wagner et Saint-Saëns et Fauré et d'Indy et César Franck. Mon

éducation musicale vraiment peu brillante ignorait à peu près tous ces musiciens. Leurs œuvres
étaient des écrins absents ou fermés. Mon oreille
n'a jamais été capable de reconnaître autre chose
que les mélodies les plus évidentes, et encore
avec difficulté.

En poursuivant mes investigations, plus lit-
téraires que sonores, je finis par me procurer un
album avec les trois disques de la Sonate pour
piano et violon de César Franck. Aucun doute,
la petite phrase de Vinteuil y figurait bien !

L'attrait que j'avais éprouvé n'avait été que
littéraire. Proust, le plus grand poète du réel,
dans sa chronique lucide d'une société à l'agonie qu'il avait aimée et détestée, s'était attardé
avec passion et complaisance sur de nombreuses
œuvres d'art, tableaux et cathédrales, actrices et
livres. Pourtant, si sa clairvoyance rendait lumi-
neux tout ce qu'il touchait, il avait recréé le
charme de cette sonate et de sa phrase renaissante
avec une intensité qu'il ne donna peut-être jamais à d'autres descriptions. Ses mots m'inci-
tèrent à revivre ma propre vie, mes sentiments
lointains enfouis en moi, dans ma propre ab-
sence. Je voulus voir dans la phrase musicale le
récit magique de Proust et empruntai les ailes
de la musique ou fut enlevé par elles.

La phrase s'enveloppe dans la gravité de l'ombre et se fait plus rauque pour aggraver et amplifier son agonie. Elle semble construire son angoisse à la manière d'une structure gothique, que les volutes répètent portées par le rythme qui élève sans interruption la même flèche.

L'élément né de la douleur cherche une issue triomphante qui ne renie pas dans l'essor son origine bouleversée par la tristesse. On dirait qu'il se love en une spirale pathétique, tandis que le piano accompagne par moments la mort et la résurrection du son. L'intimité obscure du piano provoque de temps à autre l'éclosion serpentine, jusqu'au moment où l'amour et la douleur s'enlacent pour la victoire agonisante.

C'était bien là pour moi le sens de la phrase et de la sonate.

L'ombre brusque s'abattait comme un poing sur ma maison perdue parmi les cocotiers de Wellawatha, mais chaque nuit la sonate vivait avec moi, elle me dirigeait et m'enveloppait, elle me communiquait sa perpétuelle tristesse, sa triomphante mélancolie.

Les critiques qui ont examiné mes œuvres avec tant de minutie n'ont pas vu jusqu'à présent cette influence secrète. C'est à Wellawatha que j'ai écrit la plupart des poèmes de *Résidence sur la terre ;* bien que ma poésie ne soit ni « odorante ni aérienne » mais tristement terrestre, il me semble que ces thèmes, si fréquemment nimbés de deuil, sont liés à l'intimité rhétorique de cette musique qui partagea là-bas mon existence.

Des années plus tard, de retour au Chili, je rencontrai dans une soirée les trois grands et alors jeunes maîtres de la musique chilienne. Ce fut, je crois, chez Marta Brunet, en 1932.

Claudio Arrau conversait dans un coin avec Domingo Santa Cruz et Armando Carvajal. Je m'approchai d'eux mais ils me regardèrent à peine. Ils continuèrent à parler imperturbablement de musique et de musiciens. Alors, pour me donner de l'importance, j'évoquai cette sonate, la seule que je connaissais.

Ils me regardèrent d'un air distrait et me dirent de tout leur haut :

— César Franck ? Pourquoi César Franck ? Ce que tu dois connaître, c'est Verdi.

Et ils reprirent leur conversation, m'ensevelissant dans une ignorance dont je ne suis pas encore sorti.

La solitude de Colombo était à la fois fastidieuse et léthargique. J'avais quelques rares amis dans la ruelle où je vivais. Des amies de couleurs diverses passaient dans mon lit de camp, n'y laissant que le souvenir d'un éclair physique. Mon corps était un bûcher solitaire allumé nuit et jour sur cette côte tropicale. Mon amie Patsy arrivait souvent escortée de quelques compagnes brunes et dorées, des filles métissées de Boers, d'Anglais, de Dravidiens, qui m'offraient leur corps d'une manière sportive et désintéressée.

L'une d'elles me raconta ses visites aux *chummeries*, ces bungalows où des groupes de jeunes Anglais, petits employés de magasin ou de compagnies, vivaient en communauté pour économiser quatre bouts de chandelle. Sans aucun cynisme, comme s'il s'agissait d'une chose naturelle, la fille m'expliqua qu'une fois elle s'était donnée à quartorze d'entre eux.

— Et comment as-tu fait ? lui demandai-je.

— J'étais seule avec eux et ce soir-là il y avait fête. Ils mirent des disques, je faisais quelques pas de danse avec chacun et nous disparaissions tout en dansant dans l'une des chambres. Comme cela, il n'y eut pas de mécontents.

Ce n'était pas une prostituée ; plutôt un produit colonial, un fruit candide et généreux. Son récit m'impressionna et j'eus toujours pour elle de la sympathie.

Mon bungalow était situé à l'écart de toute vie urbaine. Le jour où je le louai j'essayai de savoir où se trouvaient les lieux d'aisances, que je ne voyais nulle part. En effet, ils se cachaient loin de la douche, vers le fond de la maison.

Je les examinai avec curiosité. Une caisse de bois percée d'un trou en son milieu les constituait, et je revis l'édicule de mon enfance paysanne, au Chili. Mais là-bas les planches surmontaient un puits profond ou un ruisseau. Ici la fosse se réduisait à un simple seau de métal sous le trou rond.

Chaque jour, par je ne savais quel mystère, je retrouvais le seau miraculeusement propre. Or un matin où je m'étais levé plus tôt qu'à l'accoutumée, le spectacle qui s'offrit à moi me confondit.

Par le fond de la maison et pareille à une noire statue en mouvement, je vis entrer la femme la plus belle que j'eusse aperçue jusqu'alors à Ceylan, une Tamoul de la caste des parias. Un sari rouge et or de toile grossière l'enveloppait. De lourds anneaux entouraient ses pieds nus.

Sur chacune de ses narines brillaient deux petits points rouges, verroterie ordinaire sans doute mais qui prenait sur elle des allures de rubis.

D'un pas solennel elle se dirigea vers les cabinets, sans me regarder ni même avoir l'air de remarquer mon existence, et, conservant sa démarche de déesse, s'éloigna et disparut avec sur la tête le sordide réceptacle.

Elle était si belle qu'oubliant son humble fonction, je me mis à penser à elle. Comme s'il se fût agi d'une bête sauvage, d'un animal venu de la jungle, elle appartenait à un autre monde, à un monde à part. Je l'appelais sans résultat. Plus tard, il m'arriva de lui laisser sur son chemin un petit cadeau, une soierie ou un fruit. Elle passait indifférente. Sa sombre beauté avait transformé ce trajet misérable en cérémonie obligatoire pour reine insensible.

Un matin, décidé à tout, je l'attrapai avec force par le poignet et la regardai droit dans les yeux. Je ne disposais d'aucune langue pour lui parler. Elle se laissa entraîner sans un sourire et fut bientôt nue sur mon lit. Sa taille mince, ses hanches pleines, les coupes débordantes de ses seins l'assimilaient aux sculptures millénaires du sud de l'Inde. Notre rencontre fut celle d'un homme et d'une statue. Elle resta tout le temps les yeux ouverts, impassible. Elle avait raison de me mépriser. L'expérience ne se répéta pas.

J'eus du mal à lire le câblogramme. Le ministère des Affaires étrangères m'annonçait une nouvelle nomination. Je cessais d'être consul à Colombo pour exercer les mêmes fonctions à Singapour et à Batavia. Je m'élevais ainsi du premier cercle au deuxième cercle de la pauvreté. À Colombo j'avais le droit de m'attribuer (s'ils arrivaient) cent soixante-six dollars soixante-seize centavos. Maintenant, étant consul sur deux territoires à la fois, je pourrais m'attribuer (s'ils arrivaient) deux fois cent soixante-six dollars soixante-seize centavos, autrement dit la somme de trois cent trente-trois dollars cinquante-deux centavos (s'ils arrivaient). Ce qui signifiait que bientôt j'allais cesser de dormir sur un lit de camp. Mes aspirations matérielles n'étaient pas excessives.

Mais qu'allais-je faire de Kiria, ma mangouste ? Allais-je l'offrir à ces galopins du quartier qui ne croyaient plus à son pouvoir contre les serpents ? Inutile d'y songer. Ils ne s'occuperaient point d'elle, ils ne la laisseraient pas manger à la table comme elle en avait l'habitude avec moi. La rendrais-je à la forêt pour qu'elle y retrouve son état primitif ? Jamais. Elle avait sans doute perdu ses instincts de défense et les oiseaux de proie la dévoreraient en un clin d'œil. L'emmener ? Oui, mais comment ? Les bateaux n'accepteraient pas une passagère aussi peu commune.

Je décidais alors que Brampy, mon boy cingalais, m'accompagnerait. C'était une dépense de millionnaire et aussi une folie car nous allions vers des pays — Malaisie, Indonésie — dont Brampy ignorait totalement la langue. Mais la mangouste pourrait voyager incognito dans le capharnaüm du pont, dissimulée dans un panier. Brampy la connaissait aussi bien que moi. Restait la douane, mais l'astucieux Brampy se chargerait de l'abuser.

Et c'est ainsi, avec tristesse, joie et mangouste, que nous quittâmes l'île de Ceylan pour voyager vers un autre monde inconnu.

On a du mal à comprendre pourquoi le Chili avait tant de consulats disséminés de par le monde. On ne peut que s'étonner qu'une petite république, oubliée près du pôle Sud, envoie et maintienne des représentants officiels sur des archipels, des côtes et des récifs de l'autre bout de la terre.

Au fond — c'est du moins mon explication — ces consulats étaient le produit de la fantaisie et de la *self-importance* que nous aimons à nous donner, en Amérique du Sud. D'autre part, j'ai déjà dit qu'en ces endroits lointains on embarquait vers le Chili du jute, de la paraffine solide pour fabriquer des bougies et, surtout, du thé, beaucoup de thé. Nous, Chiliens, nous prenons le thé quatre fois par jour. Et nous n'avons pas la possibilité d'en cultiver. On a vu une fois éclater une grève quasi générale des ouvriers du salpêtre car ce produit si exotique en était arrivé à manquer. Je me souviens que des exportateurs anglais me demandèrent un jour, après quelques whiskys, ce que les Chiliens faisaient de quantités aussi exorbitantes de thé.

— Nous le buvons, leur dis-je.

(S'ils espéraient m'arracher le secret d'une utilisation industrielle du thé, j'eus le grand regret de les décevoir.)

Le consulat de Singapour avait déjà dix années d'existence. Je descendis donc du bateau avec la confiance que me donnaient mes vingt-trois ans, toujours accompagné de Brampy et de ma mangouste. Nous nous rendîmes directement au *Raffles Hotel*. Là, je fis laver un gros tas de linge et allai m'asseoir sous la véranda. Je m'étendis paresseusement sur une *easy chair* et commandai un, deux, trois *ginpahit*.

J'étais comme un héros de Somerset Maugham lorsque l'idée me vint de chercher dans l'annuaire du téléphone l'adresse de mon consulat. Il n'y figurait pas ! J'appelai d'urgence les services du gouvernement anglais. Après consultation, on me répondit qu'il n'existait pas de consulat du Chili à Singapour. Je parlai alors du consul, un certain Mansilla. On ne le connaissait pas.

Je me sentis accablé. J'avais à peine de quoi payer un jour d'hôtel et l'entretien de mon linge. Je pensai que le consulat fantôme devait avoir son siège à Batavia et je décidai de poursuivre mon voyage sur le bateau qui m'avait amené ; il se rendait en effet à Batavia et était encore à l'ancre dans le port. Je fis retirer mon linge du bac où on l'avait mis à tremper, Brampy en fit un ballot humide, et nous reprîmes le chemin des quais.

On était en train de relever la passerelle du bateau. Nous en gravîmes les marches tout essoufflés. Mes anciens compagnons de voyage et les officiers du bord me regardèrent avec étonnement. Je m'engouffrai dans la même cabine que j'avais laissée le matin et, étendu sur le dos sur ma couchette, je fermai les yeux tandis que le vapeur s'éloignait du port fatidique.

J'avais connu sur le bateau une fille blonde, rondelette, aux yeux orange et à la joie exubérante. Elle était juive et s'appelait Kruzi. Elle m'avait dit qu'une belle situation l'attendait à Batavia. Je m'approchai d'elle durant la fête d'adieu de la traversée. Entre deux verres, elle m'entraînait danser et je la suivais maladroitement dans les lentes contorsions en usage à l'époque. Cette dernière nuit, nous la passâmes à faire l'amour dans ma cabine, en amis, conscients que le hasard unissait nos destins pour une seule rencontre. Je lui confiai mes malheurs. Elle me plaignit avec gentillesse et sa tendresse passagère m'alla droit au cœur.

Kruzi, de son côté, m'avoua quelle véritable occupation l'amenait à Batavia. Une organisation plus ou moins internationale plaçait des filles d'Europe dans les lits de respectables Asiatiques. En ce qui la concernait, on lui avait donné à choisir entre un maharadjah, un prince siamois et un riche commerçant chinois. Elle s'était décidée pour ce dernier, un homme jeune mais paisible.

Quand nous descendîmes à terre, le lendemain, j'aperçus la *Rolls* du magnat chinois et aussi le profil du maître à travers les rideaux fleuris de l'automobile. Kruzi disparut au milieu de la foule et des bagages.

Je m'installai à l'hôtel *Der Nederlanden*. Je me préparais à déjeuner quand je vis entrer Kruzi. Elle se jeta dans mes bras, les larmes l'étouffaient.

— On m'expulse. Je dois partir demain.

— Mais, qui t'expulse ? Et pourquoi ?

D'une voix entrecoupée, elle me raconta son échec. Elle allait monter dans la *Rolls* lorsque les agents de l'immigration l'avaient arrêtée pour la soumettre à un interrogatoire brutal. Elle avait dû tout avouer. Les autorités hollandaises considéraient comme un grave délit qu'elle pût vivre en concubinage avec un Chinois. Finalement, ils l'avaient remise en liberté, après lui avoir fait promettre de ne pas voir son soupirant et de s'embarquer dès le lendemain sur le bateau par lequel elle était arrivée et qui repartait pour l'Occident.

Ce qui la blessait le plus c'était d'avoir déçu l'homme qui l'attendait, et l'imposante *Rolls* n'était sans doute pas étrangère à ce sentiment.

Mais Kruzi, au fond, était une sentimentale. Derrière ses larmes il y avait bien plus que l'intérêt frustré : elle se sentait humiliée et offensée.

— Connais-tu son adresse ? Son téléphone ? lui demandai-je.

— Oui, mais j'ai peur. S'ils m'arrêtent, ils m'ont menacée de me boucler dans un cachot.

— Tu n'as rien à perdre. Va donc voir cet homme qui a pensé à toi sans te connaître. Tu lui dois au moins quelques mots. Tu te moques pas mal des flics hollandais. Venge-toi. Va voir ton Chinois. Prends tes précautions et bafoue ces types qui t'ont humiliée, cela te soulagera. Tu partiras d'ici un peu plus satisfaite.

Mon amie rentra tard, cette nuit-là. Elle avait rendu visite à son admirateur par correspondance. Elle me raconta l'entrevue. L'homme était un Oriental francisé et lettré, qui parlait très naturellement le français. Il était marié, selon les honorables normes matrimoniales chinoises, et s'ennuyait à mourir.

Le prétendant jaune avait préparé pour la fiancée blanche qui arrivait de l'Occident un bungalow avec jardin, jalousies pare-moustiques, meubles Louis XIV, et un grand lit qui fut essayé cette même nuit. Le maître de maison lui avait montré mélancoliquement les délicatesses préparées pour elle, les fourchettes et les couteaux d'argent (lui mangeait avec des baguettes), le bar avec des boissons européennes, le réfrigérateur rempli de fruits.

Puis il s'était arrêté devant une grande malle hermétiquement fermée, avait sorti une petite clef de son pantalon et ouvert le coffre, qui révéla aux yeux de Kruzi le plus étrange des trésors : des centaines de culottes de femme, de subtils cache-sexe, de slips minuscules. Des dessous féminins, par centaines ou par milliers, s'entassaient jusqu'au plus haut de ce meuble sanctifié par un acide parfum de santal. Toutes les soies, tous les coloris étaient ici réunis. La gamme évoluait du violet au jaune, des roses multiples aux verts secrets, des rouges crus aux noirs resplendissants, des bleus électriques aux blancs nuptiaux. Tout l'arc-en-ciel de la concupiscence masculine d'un fétichiste qui, sans doute, avait collectionné ce florilège pour satisfaire délicieusement sa volupté.

— Je n'en croyais pas mes yeux, dit Kruzi, qui fondit à nouveau en sanglots. J'en ai pris une poignée au hasard et, tiens, les voici.

Je me sentis moi aussi ému par le mystère humain. Notre Chinois, un commerçant sérieux, importateur ou exportateur, collectionnait des culottes de femme comme un chasseur de papillons poursuit ses lépidoptères. Qui aurait pu l'imaginer ?

— Laisse-m'en une, dis-je à mon amie.

Elle en choisit une, blanche et verte, qu'elle caressa avant de me la tendre.

— Écris quelque chose pour moi, Kruzi, s'il te plaît.

Alors elle étira soigneusement la fine lingerie et écrivit mon nom et le sien à la surface de la soie, qu'elle mouilla aussi de quelques larmes.

Le lendemain elle partit sans me revoir, et je ne l'ai jamais revue. La vaporeuse petite culotte, avec sa dédicace et ses larmes, circula dans mes valises, mêlée à mon linge et à mes livres, durant bien des années. Je n'ai jamais su quand ni comment une visiteuse abusive l'emporta, après l'avoir enfilée à mon insu.

À cette époque où l'on n'avait pas encore créé les *motels*, le *Nederlanden* était un hôtel insolite. Un grand corps central abritait la salle à manger et les bureaux et chaque voyageur disposait d'un bungalow séparé des autres par un jardinet et des arbres géants. Sur les hautes cimes de ces derniers vivait une multitude d'oiseaux, d'écureuils membraneux qui volaient d'un branchage à l'autre, et d'insectes qui crissaient comme dans la forêt. Brampy fit de son mieux pour soigner la mangouste, chaque fois plus inquiète dans sa nouvelle résidence.

À Batavia il existait bien un consulat du Chili, du moins si l'on en croyait l'annuaire du téléphone. Le lendemain, frais et dispos et sur mon trente et un, je me dirigeai vers ses bureaux. L'écusson consulaire du Chili ornait la façade d'un grand édifice, siège d'une compagnie de navigation. Un des nombreux employés me conduisit jusqu'au bureau du directeur, un Hollandais rougeaud et corpulent. Il avait moins la mine d'un gérant de transports maritimes que d'un docker. Je me présentai :

— Je suis le nouveau consul du Chili. Je tiens d'abord à vous remercier pour les services rendus et je vous prie maintenant de me dire où en sont les affaires du consulat. Je veux prendre possession de mon poste immédiatement.

— Il n'y a ici qu'un consul et c'est moi ! me répondit l'homme, furibond.

— Comment cela ?

— Commencez donc par me payer ce que vous me devez ! cria-t-il.

Notre homme avait peut-être des rudiments de navigation mais il ignorait tout de la courtoisie, en quelque langue que ce fût. Il estropiait les phrases en mordillant avec rage un affreux *manille* qui empoisonnait l'air.

L'énergumène ne me laissait guère l'occasion de l'interrompre. Son indignation et le *manille* provoquaient chez lui de bruyantes quintes de toux et même des raclements de gorge qui s'achevaient en crachats. Finalement, je pus glisser une phrase pour ma défense :

— Monsieur, je ne vous dois rien et je n'ai pas à vous payer. Je crois comprendre que vous êtes consul *ad honorem*, c'est-à-dire honoraire. Et si cela vous paraît discutable, je vous préviens que nous n'arrangerons rien avec des vociférations que je ne suis pas disposé à recevoir.

J'eus l'occasion de vérifier plus tard que mon Hollandais mal embouché n'avait pas entièrement tort. Il avait été victime d'une escroquerie dont, bien entendu, ni le gouvernement chilien ni moi n'étions responsables. Le louche personnage qui occasionnait les colères du Hollandais n'était autre que Mansilla. Je découvris que ledit Mansilla n'avait jamais mis les pieds au consulat et vivait à Paris depuis belle lurette. Il avait fait un pacte avec le Hollandais : celui-ci le remplacerait dans ses fonctions consulaires et lui enverrait chaque mois les papiers et l'argent des recettes. En échange, il s'engageait à lui verser pour ses services une somme mensuelle. Cette rémunération, Mansilla avait toujours oublié de la verser, d'où l'indignation du Hollandais terre à terre qui était tombée sur ma tête comme une corniche qui s'effondre.

Le lendemain je me sentis atrocement malade : fièvre maligne, grippe, solitude et hémorragie. Chaleur et sueur. Je saignais du nez comme au temps de mon enfance, à Temuco, sous le froid climat de Temuco.

Faisant un effort pour survivre, je me dirigeai vers le Palais du Gouvernement, situé au cœur de l'admirable Jardin botanique de Buitenzorg. Les bureaucrates eurent beaucoup de mal à écarter leurs yeux bleus de leurs papiers blancs. Ils exhibèrent des crayons qui transpiraient eux aussi et écrivirent mon nom avec quelques gouttes de sueur.

Je ressortis de là plus malade qu'à l'arrivée. Je me promenai à travers les allées et finis par m'asseoir sous un arbre immense. Ici tout était sain et frais et la vie respirait, puissante et calme. Les arbres géants dressaient devant moi leurs troncs droits, lisses et argentés, à cent mètres de haut. Je lus la plaque émaillée qui les identifiait. C'étaient des variétés, pour moi inconnues, d'eucalyptus. Une froide vague aromatique descendait de leurs cimes jusqu'à mes narines. Cet empereur des arbres avait eu pitié de moi et par une rafale de parfum me rendait la santé.

Je découvris aussi la solennité verte du jardin

botanique, la variété infinie des feuilles, l'entre-croisement des lianes, les orchidées qui éclataient comme des étoiles de mer parmi les feuillages, la profondeur sous-marine de cet enclos fores-tier, les cris des perroquets, les hurlements des singes ; bref, je repris confiance en mon destin et retrouvai ma joie de vivre, ces forces qui avaient failli s'éteindre en moi comme un reste de chandelle usée.

Je rentrai ragaillardi à l'hôtel et allai m'asseoir sous la véranda de mon bungalow, avec du papier à lettres et ma mangouste sur ma table. J'avais décidé d'envoyer un télégramme au gou-vernement du Chili, mais je n'avais pas d'encre. J'appelai donc le boy de l'hôtel et prononçai en anglais le mot *ink*, afin d'obtenir un encrier. Visiblement, on ne me comprenait pas. Le boy se contenta d'appeler un de ses compagnons, à la livrée aussi blanche et aux pieds aussi nus que les siens, pour interpréter avec ses lumières mes désirs énigmatiques. Aide bien inutile ! Chaque fois que je disais *ink* et remuais mon crayon en le plongeant dans un encrier imaginaire, les sept ou huit boys qui s'étaient joints aux deux pre-miers pour les assister répétaient de concert ma manœuvre avec un crayon qu'ils avaient extrait de leurs poches et braillaient *ink, ink*, en riant jusqu'aux oreilles. Ils croyaient que j'étais en train de leur apprendre un nouveau rite. Désespéré, je m'élançai vers le bungalow voisin, suivi par cette ribambelle de garçons en blanc. Apercevant un encrier qui se trouvait là par miracle sur une table solitaire, je m'en emparai et le brandis sous leurs yeux ahuris en criant :

— *This ! This !*

Alors un sourire apparut sur tous les visages et ils clamèrent en chœur :

— *Tinta ! Tinta !*

J'appris de cette manière que l'encre se dit *tinta* en malais comme en espagnol.

L'heure arriva où l'on me rendit le droit de m'installer « consulairement ». Mon patrimoine tant disputé consistait en un tampon usé avec son encreur, auxquels s'ajoutaient quelques dossiers pleins d'additions et de soustractions. Les soustractions représentaient les sommes qui étaient allées rejoindre les poches du consul peu scrupuleux qui opérait depuis Paris. Le Hollandais dupé m'avait remis ces archives insignifiantes sans cesser de mâchonner son *manille* avec un sourire froid de mastodonte déçu.

De temps en temps, je signais des factures

consulaires sur lesquelles j'apposais le minable cachet officiel. Je percevais ainsi les dollars qui, changés en guldens, réussissaient tout juste à assurer mon existence : mon logement et ma nourriture, les gages de Brampy et l'entretien de Kiria, qui grossissait ostensiblement et avalait trois ou quatre œufs par jour. Je dus aussi acheter un smoking blanc et un frac que je m'engageai à payer par mensualités. Je m'asseyais parfois, presque toujours seul, en plein air dans des cafés bondés, près des canaux ; là, je buvais une bière ou un *ginpahit*. En un mot, je repris ma vie tranquille et désespérée.

À l'hôtel, la *rice-table* du restaurant était majestueuse. On voyait entrer dans la salle à manger une procession de dix à quinze serveurs qui défilaient devant chaque convive en tenant haut les plats. Ceux-ci étaient divisés en compartiments où brillaient de mystérieux mets tous différents. Sur un socle de riz cette richesse culinaire érigeait sa substance. Gourmand par nature et durant longtemps sous-alimenté, je choisissais ceci ou cela dans chaque plat présenté par autant de serveurs et mon assiette peu à peu devenait une montagnette où les poissons exotiques, les œufs indéchiffrables, les légumes inattendus, les poulets inexplicables et les viandes insolites couvraient comme un drapeau la cime de mon repas. Les Chinois affirment que la cuisine doit présenter trois qualités : la saveur, l'odeur et la couleur. La *rice-table* de mon hôtel ajoutait une quatrième vertu aux précédentes : l'abondance.

C'est à la même époque que je perdis Kiria. Elle avait la dangereuse habitude de me suivre partout, à petits pas rapides et imperceptibles. Or une telle opération l'obligeait à s'élancer dans les rues où allaient et venaient autos, camions, *rickshaws* et piétons hollandais, chinois, malais : un monde agité pour une mangouste candide qui ne connaissait ici-bas que deux personnes.

Et l'inévitable arriva. De retour à l'hôtel, je me rendis compte de la tragédie en regardant Brampy. Je ne lui posai aucune question. Mais quand je m'assis dans la véranda Kiria ne sauta pas sur mes genoux et ne passa pas la grosse touffe de sa queue sur mon visage.

Je mis une petite annonce dans les journaux : « Mangouste perdue. Répond au nom de Kiria. » Personne ne m'écrivit. Aucun voisin ne l'aperçut. Elle était peut-être morte déjà. Elle avait à jamais disparu.

Brampy, son gardien, se sentit à tel point déshonoré qu'il ne reparut pas devant moi durant longtemps. C'était un fantôme qui s'occupait de mes chaussures et de mon linge. Parfois il me semblait entendre le petit cri de Kiria qui, dans la nuit, m'appelait du fond d'un arbre. J'allumais la lumière, j'ouvrais portes et fenêtres, je scrutais les cocotiers. Rien ! Le monde familier de Kiria s'était transformé en un vaste leurre ; sa confiance avait roulé en miettes dans la menaçante forêt de la ville. Une longue période de mélancolie assombrit mon existence.

Brampy, honteux, décida de rentrer dans son pays. Je le regrettai profondément mais, en réalité, la mangouste était le seul lien qui nous unissait. Un soir, il vint me montrer le costume neuf qu'il avait acheté pour arriver bien habillé à Ceylan, son île natale. Il surgit tout de blanc vêtu et boutonné jusqu'au cou. Le plus étonnant était un énorme bonnet de chef cuisinier qu'il avait enfoncé sur sa tête si sombre. Incapable de résister, j'éclatai de rire. Brampy ne s'offensa pas. Au contraire, il me sourit avec une grande douceur : un sourire qui comprenait mon ignorance.

À Batavia ma nouvelle maison était située rue Probolingo. Elle comprenait une salle de séjour, une chambre à coucher, une cuisine et les commodités. À défaut d'automobile, j'avais un garage qui resta toujours vide. Dans cette maison minuscule je disposais encore de trop d'espace. Je pris une cuisinière javanaise, une vieille paysanne, égalitaire et adorable. Un boy, lui aussi javanais, servait à table et entretenait mon linge. C'est là que j'achevai *Résidence sur la terre*.

Ma solitude redoubla et je songeai à me marier. J'avais rencontré une native ou, pour être plus exact, une Hollandaise avec quelques gouttes de sang malais, qui me plaisait fort. C'était une femme grande et douce, totalement étrangère au monde des arts et des lettres. (Des années plus tard, ma biographe et amie Margarita Aguirre devait écrire au sujet de notre couple les lignes suivantes : « Neruda rentra au Chili en 1932. Deux ans plus tôt, il avait épousé à Batavia Maria Antonieta Agenaar, une jeune Hollandaise établie à Java. Celle-ci se montre très fière d'être l'épouse d'un consul et se fait de l'Amérique une idée assez exotique. Elle ne sait pas l'espagnol et commence à l'apprendre. Mais il est hors de doute qu'il n'y a pas que la langue qu'elle ignore. Pourtant, sentimentalement, elle est très attachée à Neruda, et on les voit toujours ensemble. Maruca, c'est le nom que lui donne Pablo, est très grande, lente, hiératique. »)

Ma vie n'était pas très compliquée. Je connus bientôt d'autres gens agréables. Le consul cubain et sa femme furent mes amis tout désignés puisque la langue nous unissait. Ce compatriote de Capablanca était un moulin à paroles, qui jamais ne s'arrêtait. Officiellement il représentait le tyran de Cuba, Gerardo Machado. Ce qui ne l'empêchait pas de me raconter que les objets des prisonniers politiques, montres, bagues et parfois dents en or, étaient retrouvés dans le ventre des requins pêchés dans la baie de La Havane.

Le consul allemand Hertz adorait la sculpture moderne, les chevaux bleus de Franz Marc, les longues figures de Wilhelm Lehmbruck. C'était un homme sensible et romantique, un Juif qui avait derrière lui des siècles de culture. Un jour, je lui demandai :

— Et cet Hitler dont le nom apparaît de temps en temps dans les journaux, ce meneur antisémite et anticommuniste, ne croyez-vous pas qu'il puisse arriver au pouvoir ?

— Impossible ! me répondit-il.

— Comment cela, impossible ? L'histoire ne collectionne-t-elle pas les cas les plus absurdes ?

— On voit que vous ne connaissez pas l'Allemagne, affirma-t-il gravement. En Allemagne, il est totalement impossible qu'un agitateur aussi fou qu'Hitler puisse gouverner même un village.

Ô malheureux ami ! Ô malheureux consul ! Il s'en fallut de peu que cet agitateur fou ne gouvernât le monde. Et Hertz l'ingénu a dû finir dans une monstrueuse et anonyme chambre à gaz, avec toute sa culture et son noble romantisme.

Parutions de janvier 2006

ANONYME   *Conte de Ma'rûf le savetier*
Un conte poétique et féerique de la belle Shahrâzâd, une histoire très vivante, pleine de drôlerie et d'invention dans un Orient magique.

R. DEPESTRE   *L'œillet ensorcelé et autres nouvelles*
De conquêtes amoureuses en aventures érotiques, Depestre nous entraîne avec jubilation dans son univers coloré et libertin.

H. JAMES   *Le menteur*
Un court chef-d'œuvre sur l'obsession de l'imposture et une vibrante histoire d'amour.

JI YUN   *Des nouvelles de l'au-delà*
Ce petit recueil diabolique semble émaner directement de l'au-delà et se lit avec délectation.

J. LONDON   *La piste des soleils et autres nouvelles*
Dans les plaines glacées d'Alaska, sur les traces des chercheurs d'or, l'auteur de *L'appel de la forêt* nous fait pénétrer dans un univers d'hommes rudes et solitaires.

J.-B. POUY   *La mauvaise graine et autres nouvelles*
Des histoires étonnantes pour pénétrer dans l'univers très particulier d'un écrivain inclassable.

M. PROUST   *L'affaire Lemoine*
Quand l'auteur d'*À la recherche du temps perdu* s'amuse à pasticher d'autres écrivains pour le plus grand bonheur du lecteur…

QIAN ZHONGSHU   *Pensée fidèle* suivi de *Inspiration*
Deux nouvelles, d'un humour fin et sarcastique, qui nous plongent au cœur de la littérature chinoise contemporaine et témoignent de l'originalité de l'écriture de Qian Zhongshu.

SAINT AUGUSTIN   *La Création du monde et le Temps* suivi de *Le Ciel et la Terre*

Des questions essentielles que nous nous posons tous un jour et aux-
quelles saint Augustin tente de répondre avec une foi profonde alliée
à un grand bon sens.

B. SCHULZ   *Le printemps*
Écrivain secret, Bruno Schulz nous entraîne dans son univers oniri-
que et étrange transcendé par une langue poétique à la fois riche et
exceptionnelle.

Dans la même collection

R. AKUTAGAWA   *Rashômon et autres contes* (Folio
                      n° 3931)

M. AMIS   *L'état de l'Angleterre* précédé de *Nou-
                      velle carrière* (Folio n° 3865)

H. C. ANDERSEN   *L'elfe de la rose et autres contes du jardin*
                      (Folio n° 4192)

ANONYME   *Le poisson de jade et l'épingle au phénix*
                      (Folio n° 3961)

ANONYME   *Saga de Gísli Súrsson* (Folio n° 4098)

G. APOLLINAIRE   *Les Exploits d'un jeune don Juan* (Folio
                      n° 3757)

ARAGON   *Le collaborateur et autres nouvelles* (Fo-
                      lio n° 3618)

I. ASIMOV   *Mortelle est la nuit* précédé de *Chante-
                      cloche* (Folio n° 4039)

H. DE BALZAC   *L'Auberge rouge* (Folio n° 4106)

T. BENACQUISTA   *La boîte noire et autres nouvelles* (Folio
                      n° 3619)

K. BLIXEN   *L'éternelle histoire* (Folio n° 3692)

M. BOULGAKOV   *Endiablade* (Folio n° 3962)

R. BRADBURY   *Meurtres en douceur et autres nouvelles*
                      (Folio n° 4143)

L. BROWN   *92 jours* (Folio n° 3866)

COLLECTION FOLIO

Dernières parutions

Composition Nord Compo
Impression Novoprint
à Barcelone, le 20 mars 2006
Dépôt légal : mars 2006
Premier dépôt légal dans la collection : septembre 2004

ISBN 2-07-31702-1. /Imprimé en Espagne.